要什么“完美”…

王艺洁 著

选一种姿态，
让自己活得无可替代。

江苏凤凰文艺出版社
JIANGSU PHOENIX LITERATURE AND ART PUBLISHING, LTD

图书在版编目（CIP）数据

要什么完美 / 王艺洁著. -- 南京 : 江苏凤凰文艺出版社, 2015

ISBN 978-7-5399-7895-6

Ⅰ. ①要… Ⅱ. ①王… Ⅲ. ①散文集－中国－当代 Ⅳ. ①I267

中国版本图书馆CIP数据核字(2014)第266419号

书　　名	要什么完美
作　　者	王艺洁
出版统筹	黄小初　周亚林
选题策划	崔　佳　孟丽娜
责任编辑	姚　丽
责任监制	刘　巍　江伟明
出版发行	凤凰出版传媒股份有限公司 江苏凤凰文艺出版社
出版社地址	南京市中央路165号，邮编：210009
出版社网址	http://www.jswenyi.com
经　　销	凤凰出版传媒股份有限公司
印　　刷	北京建泰印刷有限公司
开　　本	880×1230毫米 1/32
字　　数	100千字
印　　张	7.25
版　　次	2015年1月第1版 2015年1月第1次印刷
标准书号	ISBN 978-7-5399-7895-6
定　　价	36.80元

目 录

contents

Part 1

姿态

Attitude

不完美的，*goddess* 才是 真女神

让我们一起来想象一下这样的女人：她只穿自己喜欢的衣服，无论是五十块的T恤，还是八千块的裙子，如果不喜欢，送给她也不会穿；她只爱自己想爱的人，如果爱不起来，你有再好的条件，她都会微笑说句“对不起，谢谢”；她只过自己想过的生活，有时甚至游离在主流价值观之外，但她的原则是不伤人害己，唯自在与快活无价。这样的女人是我的女神。

女神不太在乎自己的脸是否符合“三庭五眼”的完美比例，也没因为自己的身材和黄金分割差那么一星半点儿就异常心塞，她既不热衷于品评别人是九头身还是五头身，也不关心别人眼中的她是女神还是女神经。但有意思的是，能做到这些的人即便没长得那么惊为天人，也自有其可贵之美，究其原因，大概是因为洗练洒落，气场独特，所以美得自成一格。

女神懂幽默，擅自嘲，从不找自己的麻烦，也不挑别人的刺，问她何以如此坦荡，她说：人生嘛，不过是要开心，有什么大不了？她当然也会遭遇麻烦，经历不公，小挫败没准儿还多过小确幸，但她很少抱怨，更少生气，反正都会过去，干吗那么当真？与其郁闷增加毒素，不如在跑步机上走掉几百大卡，痛痛快快地将负面情绪代谢掉，人都轻盈美丽几分。女神当然不只有满满的正能量，她只是懂得合理分配喜怒哀乐，并积极转化，这是她呵护自己的方式。

因为是女神，因为不平淡，难免要承受更多的审视与挑剔，千颂伊说得好：这世上有太多想把你拉入泥潭的人。但女神明白一个道理：做任何事，不必担心别人如何说，他们告诉你做不到，只是他们自己做不到；看到你做到了，他们又开始质疑真实性，只是不愿意相信他们无法做到的事情，竟真的有人做到了。别人想去担心，让他们担心就是了，他们要生气，让他们生气就是了，能够活在别人的羡嫉恨中，还真是非常美妙的人生呢。

面对指摘，女神有更宽谅的心态，她知道没有一个人可以真正做到设身处地为他人着想，因为每个人的身份、角色，所处的位置都不同，即便换到另一个人的角度去思考，也还是无法完全更改固有的眼光与思维。每个人所看到的世界都是不同的，每个人也都是独立存在的个体，希望得到他人认同是人之常情，但得不到也在情理之中。那些要求你改变的人固然自私，但你一味追寻别人的认同，不也是一种自私吗？知道自己的价值所在，不被别人的评价所干扰，坚持做好自己认为对的事情，比计较得到肯定还是非议来得更重要，不是吗？

女神的爱情未必一帆风顺，而且因为忠于内心，宁缺毋滥，很有可能要在情路兜兜转转很长时间，才能遇到真正懂得与欣赏她的人。但是，即便如此，女神也从不畏惧孤独，并能在长久的独处中不断进阶，成全更优秀的自己。**她始终对自己和他人持有清醒的认识，相信如果想遇到什么人，自己必先成为那样的人，否则，便永远堕入“高不成，低不就”的尴尬。她自有一套价值观，不会被外界所操控，即便你言之凿凿地告诉她：女人80分就够找到90分的男人了，何必那么努力做到90分？但她的想法是：我做90分女人又不只是为了得到满意的伴侣，况且，为什么只满足于做90分女人，而不是99分？当然不是100分了，女神相信人生永无满分，缺憾是进步空间，也是美丽余地。**

当女神开始了一段亲密关系，她不会患得患失，留意对方行踪、交换双方密码这种事，抱歉，她是真的做不到。她始终认为，人在相信与包容之下才会姿态好看，否则，便是拉扯与消耗。她非常清楚，人在一段关系中的困局往往在于不了解自己真实的需要，了解之后又怕对方无法满足而不敢说出来，或因为想等到对方自己发现，所以不愿说出来。其实，人为什么要担心说出自己的需要呢？暴露真实虽然听上去危险，但其实要比粉饰太平更加轻松。表达你的需要，不仅令对方知道如何帮助你，也能够让你更正视自己真实的内心。无论你的需要是什么，只要不伤害别人，就没有什么好难以启齿的。人为什么要为自己的需要感到羞耻呢？在一段关系中，敢于说出你的需要是对这段关系的信任；在你的人生中，敢于说出你的需要更是一种不畏争取的自信。她相信，“念念不忘，必有回响”就是因为相信了，才会做得到。

既然有亲密关系，就必然存在相互伤害的可能，女神相信人会受伤其实是好事，因为疼痛会唤醒内心深处的知觉，并让人在抗争的过程中变得更坚强，一个人自愈的能力越强，才越有可能接近幸福。所以，你不会听到她控诉遇人不淑，更不会看到她累觉不爱，她始终相信爱情的美好，并甘愿为此勇往直前。

女神未必都是社交动物，不热衷于将大把时间用在聚会应酬上，却一定要留出充足的独处时光，去发掘那些真正令她快乐的事物。她相信，人只有在做快乐事的时候，才会对自己的存在感有强烈的认知，才可以将回报放在脑后，单纯地享受过程。人一旦发现了这些令自己快乐的事物，千万不要放手，因为它们并不常见。记住，要舍得在自己真正喜欢的事情上投入时间与心血，并且一定要无怨无悔。即便别人有可能告诉你做这些并无结果或意义，也不应放弃，快乐难道不就是最可贵的意义吗？而我们活着的目的，不过是专注地忠于自己，而非取悦任何人。

面对时光，女神淡定而从容，深知不管我们预先做好多少心理准备，总是会发生一些难以预料的事，所以，她不去试图防堵所有可能发生的意外，而是认清总是会有意料之外的事发生的现实。与其忧惧未来，不如趁现在提升自己，敞开心胸感受身边人对自己的关爱，鼓足勇气，提起精神，活出最真实独特的自我。

说了这么多，不知你身边是否也有这样的女神，如果见到她，请代我给她点32个G的赞。或者，你干脆去照照镜子，对她说声：嘿，原来你在这！

要什么*imperfect*完　美

买不到钟爱的衫，爱不到倾心的人，

都不是什么大事儿，

最要紧是无论遭遇什么难堪、遗憾，

都保持美好姿态，

人生嘛，除了漂亮，还有什么更重要？

不要接受你不喜欢的男人送的礼物。

早几年有传闻说王菲在珠宝店看中一件首饰，英皇老板杨受成要买来送她，天后高冷地问：干吗要你送？我自己买不起吗？所以，女人，如果你想有天后的气场，就要端得住天后的分量，做不到高冷，也至少保持傲娇。

喜欢那种

一身名贵却依然可以大喇喇席地而坐的女人，

举手投足间都是淡然与洒落，

见过用过太多贵价货，

所以对物品没有过多疼惜之情，

知道它们的价值在于为使用者提供便利与舒适，

而非小心翼翼展示其美态。

有人为了穿小一号的裙子，可以断食三天。

有人从不怠慢自己的胃，半夜三点也能下厨房。

在不伤害他人的前提下，只要自己觉得好就足够了，管别人怎么说干吗？

人最怕不知道自己要什么，却又什么都想要。

适度自恋，
可令女人保持阳光心态，
管它
凄风苦雨，
失恋失业，

只要
还能穿上0号上衣，
24码牛仔裤，
世界就还不算太糟。

如果有一天，沦落到任人鱼肉，也一定要优雅地躺在案板上，虽只能换得一声惋惜，也好过被宰割了还要遭受唾弃。人生走到何种境地都没关系，何种姿态才最要紧。

别试图找到那些兼顾

味美、价廉、低热量

的食物，吃个东西都那么累，

索 性 就 别 吃 了。

梦露在 60 年前就唱过

“钻石是女人最好的朋友”，

但她忘记提醒我们，

朋友务必要少而精，

且不必经常拿出来炫耀。

女子单独吃饭的从容程度与心理强大程度成正比。

其受关注程度与城市发达程度成反比。

只许　尽兴，　*Seize the day*　不许　扫兴

人活得自我或任性都不可怕，怕的是
一边说着「去他的，爱谁谁」，
一边又战战兢兢地察言观色。

与其死乞白赖求人欣赏，不如挺起胸膛自己鼓掌。

一个人谋求改变的最大动因应该是完善自身，而非取悦他人，
也只有当一切改变是为自己而做时，才不会在某一天觉得不值。

花开堪折直须折，

香槟有气赶紧喝，

这便是对及时行乐
最好的注解。

衡量美好身段的标准是视觉上的比例，
而非磅秤上的数字，

与其做个比例不调的瘦子，
倒不如胖得匀称点儿。

生活是一个不透明的罐子，想知道里面装了什么便要将手伸进去，

而不是将它打破。

犹如盲人摸象，每一次疑惧或惊喜，都将是专属的体验。

最适合雨天做的事：

倚窗读书，喝茶打牌；
焚香静坐，煮酒谈天；
凝语观花，撑伞漫步。

或者，

你只要一碗热汤的关怀？
看吧，人生多半美好唾手可得，却又不能随身携带。

世界再大，

也不过是一个巨型游乐场，

你只有

撒欢儿玩儿一场才算没白来。

日子嘛，

总有穿什么都不怎么漂亮的那几天；

爱情嘛，总有再想要也不能拥有的人；

人生嘛，总有再怎么努力也实现不了的愿望。

但那又如何呢？

你面临的问题是全人类都会面临的问题，

解决不了就先放下，没什么大不了。

好好吃饭，好好睡觉，天亮了还是一枚好女子。

人越出众，越会遭遇谣言，
正如站在聚光灯下的人，
总是更容易成为闪闪发亮的靶子。

谣言不仅来自你的竞争者，更来自于围观群众，
他们会因自身戏份的寡淡而夸大甚至捏造你的缺陷，
通过中伤你而得到参与演出的乐趣。

对此，

请保持大方态度，

只管注意舞台之上的情况，

而非顾虑台下的黑暗中是否坐了一群鸭子。

人若不在年轻时受些冷遇，吞些苦水，
就如同初到陌生地，却不被骗挨宰一样，
虽值得庆幸，却也欠缺几分完整。

世间万物，向心公转。人生苦短，先吃甜点。

只要有足够的智慧与孤独相处，

你可以选择活在你自己的时间与空间里。

如果痛苦兜头泼下，不必躲闪，
那是上帝为洗礼你而特降的甘露。

美丽　是任务，　也是　礼物

Beauty is your gift.

你觉得衰老是不幸的吗？

有多少人连衰老的机会都没有。
到了老的时候，希望你可以是从容的，依旧喜欢自己、珍视自己，依旧自律，不把年纪当成纵容坏习惯的借口。
不为别人凝视你的皱纹而不安，不为阳光下闪烁的白发而伤感。

我希望，你可以心怀感恩地一步一步走向苍老，并始终相信自己是美丽的。

对女人来说，无所谓哪种类型最好，毕竟如何都会有人欣赏，重要的是，将一种特质发挥到最佳，但小心拿捏尺度。

说到底，无论做何种装扮，走何种路线，女人还是要有女人的样子。若想令众人赏心悦目，只需扬长避短，保持自信，哗众取宠与刻意迎合都会失却从容，再美，也上不了大台面。

女人，到任何时候都不能放任自己潦草示众，越到紧要关头，越要一切放后，先美了再说。你想象不到一个美人有多少次化险为夷的幸运，也不敢相信一个丑女有多少次转安为危的惨淡。即便需要装病、扮心碎，也要用心画个伪素颜的裸妆，不然这苦肉计也还是没什么胜算。

什么样的衣服会让你有女人味儿？

薄、软、展现曲线。

至于颜色，选衬你肤色的，而非所谓“当季流行色”，多数人不关心这一季什么颜色最夯，但他们记得住你穿哪件衣服脸色会像橡皮泥。

款式方面，记得要扬长避短，腿美屁股美就无所谓裙子还是裤子，长度也任选。

没有事业线，其实并不是很重要，但至少从脖子、锁骨、肩膀、后背中选出一处可圈可点的部分，适度展现，记住，适度。

无论胖瘦，都不穿过于宽松的衣服，没有腰身乃是抹杀女人味儿之罪魁，盈盈一握自然我见犹怜，稍有赘肉则更要用心修饰，以宽松款式遮掩只会欲盖弥彰。

另外，记住：出挑与现眼只在一线之间，没必要为了回头率而让别人对你的职业起疑，品位还不成熟时，选择稳妥。

其实，倒也不是鼓励女人为了取悦别人而穿衣，因为当你光彩照人地出现时，首先，也是最大的受益者是自己，至于别人的瞩目与赞赏，只是额外的奖励罢了。

气质这回事有多重要？

它不能如长相般只以「美」「丑」来做简单粗暴的评论，也无法如风格般自由转换，它是与生俱来、不可推拒的。

一个女人，如果气质出众，一百块的打折裙子也能化腐朽为神奇；如果气质庸俗，价格翻上百倍的衣服穿起来也还是显得廉价，反倒令人觉得可惜了衣服。

奢侈品 A 货为何行情如此之好？

因为很多人不明白，既然可以用十分之一甚至更少的价钱买到以假乱真的东西，干吗还要花大价钱去买个真的？告诉你吧，假的永远是假的，别人看不看得出倒是次要，最关键是用的人心虚，何必自欺欺人呢？与其花五百块买大牌 A 货撑场面，不如花一千块买小牌正品用得理直气壮。

一个女人靠 LOGO 提升自信已经很悲哀了，甘心沉沦于此过 A 货人生，也太可怕了吧？

贵的都是好的吗？不见得。
便宜的都不好吗？更是错。
怎么选？

没钱时选物美价廉的；

有钱时，选又贵又美的。

虽然我知道你也许不愿意承认，但还是要说一下：贵的东西多数有贵的原因，拥有它们的确会比拥有那些便宜的更令你感觉良好。

最重要的是，无论有钱与否，你始终知道什么是最适合你的，并不屑于盲从。

那些街拍什么的，其实根本不是在看穿得怎么样，而是长得怎么样。

这世界只看脸已经很久了，你还不适应吗？

这世间亘古不变的真理之一：

长得美就是占便宜。

那些嚷嚷"美丽无用"、"红颜薄命"的人，都是因为得不到美貌才故意低估其价值，贬损其名誉，他们其实最清楚不过，美丽不仅有用，而且作用很大。

美丽的人，行走坐卧如诗如画，喜怒哀乐牵人心神，即便人生艰难，哭，也哭得好看，输，也输得漂亮。你还说不美丽不要紧？谁要相信你呀！

女人的几大迷思之一：

努力攒钱去整容就会成为人生赢家。

脸上动刀子是有可能令你变漂亮，但如果缺乏气质，还是无法成为真正的美人。

气质这回事，远远比漂亮重要得多，而且要靠知识来提升。

说白点儿，用整容的钱去买书和旅行吧，眼界宽了，审美与品位自然会提升，那种“气”与“神”，是开几次刀，打多少针都无能为力的。

通常，

男人对打扮光鲜昂贵的女人会产生这样几种观感：

1. 这女人很贵，我养不起。

2. 这女人很贵，肯定有人养。

3. 虽然养不起，但要不要试着接近看看，万一能睡一下呢？

可是，我想问问你们，她又贵又美是她自己的事，和你有什么相关了？

说实话，女人买奢侈品犒赏自己完全没问题，但如果是为了吸引男人，则完全没必要。

一条五百块的裙子和一条两万块的裙子在他们眼里没有太大不同，因为多数男人的视觉重点不在衣服的品质好不好，而在于穿这件衣服的人美不美。

一个穿着昂贵裙子的100公斤的女人，和一个穿着便宜裙子的50公斤女人，你觉得男人会记住哪条裙子哪个人？

至于颜色、设计、材质、品牌等等……
都是女人们才会关注到的点，所以，女人穿戴奢侈品本质上是和同性之间的比拼较量，吸引了男人倒像是意外收获。

保持美丽，是一个女人对自己最基本的负责，那些声称“内涵永远比外在重要”，叫嚷“靠皮囊吸引男人，只能证明两者一样肤浅”的女人们，请快点停止自我放纵与催眠，如若没有美到惊为天人的地步，便不必担心他人会因外表忽略你的能力，相反，两者交相辉映，才会令你更加夺目；

而只为吸引或留住男人才维持色相的想法，又是多么悲哀？

你竟然不觉得保持美丽是女人的天性与本分？

亦不觉得那是你对自己最好的宠爱？

如果有成为花瓶的机会，就别甘心做一只泥罐子了，好吗，女人？

要对光鲜的躯壳保持清醒，

而去热爱丰富的灵魂，

因漂亮只能得到喜欢，

美丽才配得到尊敬。

于是，

女人们终于决定少买几支口红，

多读几本书了。

请谨慎而认真地对待你自己，

因为你吃过的东西，

读过的书，

走过的路，

爱过的人……

都不仅是选择而已，它们最终都会变成你。

那些起初没那么美，靠后天打造而成的美人们，往往都有不为人知的自卑之处，所以接受赞美时会心虚，路遇途人行注目礼时会低头疾行而过。

并非故作清高，也不是刻意低调，只因心里脆薄得很，没有强大到深信自己无懈可击罢了。

在目光森林中泰然自若的那些，要么真的非常美，要么自认非常美。

美如果只需要对抗丑还容易些，
但它最大的敌人其实是平庸。

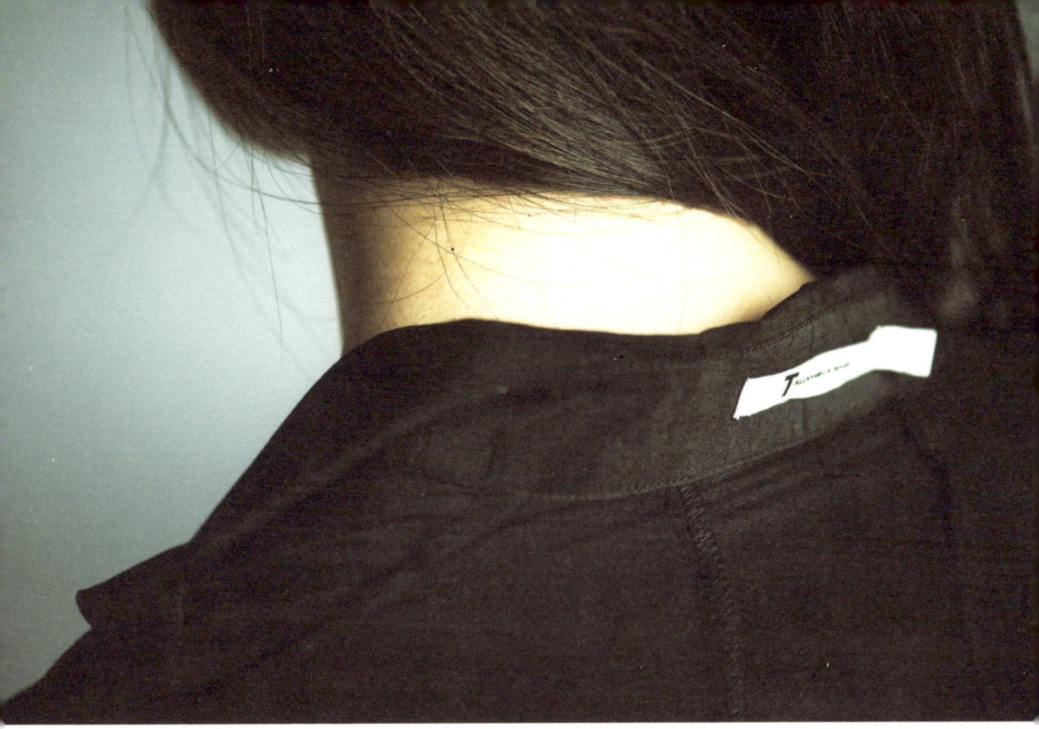

为什么奢侈品让人欲罢不能?

因为它提供给人们强烈的心理暗示:

拥有这件新衫，这只包袋，你的生活即可被装点得上流而高级。

有些场合固然需要 LOGO 傍身，但脱下它们，你仍要认得自己是谁，这种清醒，比一百位顶级工匠手制的战袍都奢侈。

如何成为一个会穿衣的女人？

1. 尽快了解你的身体，发现它的优点与不足。
2. 找到适合你的风格。
3. 长期保持这种风格，而不追随短暂的流行。
4. 有至少一款“签名装”，让别人看到它就想起你。
5. 把整理衣橱视作享受，而非麻烦。

聪明女人总是十分看重自己的健康与头脑，
却也从不低估口红与高跟鞋的重要性。

衣服是一个人的随身戏剧，

可以定义角色与身份，

务必严肃对待穿戴打扮这回事，

但最好，

看上去是毫不费力的。

随时随地都要看着美丽，活得漂亮，
因为，你永远不知何时遇见你的爱人或对手。

对一个女人来说，

身上有钱，脸上有妆，基本上去到哪里都不必胆怯。

我长久以来思考的问题之一：

这世界上究竟有没有一个吃饺子从不就蒜，吃绿叶蔬菜从不塞牙，坐下后西装裤和袜子间从不露出小腿皮肤，穿丝绒乐福鞋好看，分得清原装和改版的女人，永远记得控制如厕音量的，直男。

真正的美人，

生逢乱世亦摇曳生姿，久病初愈也熠熠生辉，宿醉未醒仍明眸皓齿，粗头素服却自成格调。

但我想告诉你的是，

她们并非生来如此，只是因为对待美丽的态度极其认真，所以持续对此投入时间与心力，那美丽的底子越养越厚，才经得起腐蚀与损毁。

为了人前一分美，舍得人后十年功的美人，才是货真价实的美人。

对漂亮的东西了解得越深，越明白为何会厌倦；
对美的东西了解得越深，越明白为何不会厌倦。

为那些美而不自知的人感到遗憾。
任何长处皆是天赋，
发掘、善用、珍惜，
皆是对上天垂青的最好回馈。

唉， 女人呐

Oh my goddess!

女人们最好不要时常想些高深问题，
改变世界不是你的责任，
救渡世人又非力所能及，
多留些心力想想如何让自己每时每刻都光彩照人地活着，比较现实。

好的女人，
外表钻石般闪耀，
头脑水晶般通透，
而她们的心，
绝不会像玻璃般易碎。

如果花的是别人的钱，
购物可以治抑郁症。
如果花的是自己的钱，
购物可以致抑郁症。

女人们往往喜欢那些需要踮着脚才够得着的东西，
所以她们一直在买更高的高跟鞋。

女人呢，越是心情不好越不应暴饮暴食，

当你自暴自弃的恶性后果全部以赘肉形式体现时，

你的心情只会更糟。

寒冷对女人构成的坏影响：

1. 不再想打扮；
2. 不再想认真打扮。

当一个女人说她要勒紧腰带过日子了，

多半是因为她要开始减肥了，或者，她买了太多需要减肥才能穿进去的衣服。

正因为这世上的女汉子越来越多，娘炮数量才成几何倍数增长，女人们都别再抱怨男人不够 man 了好吗？
你习惯独自搞定一切，潦草打发自己，周身散发着浓浓男人味儿，还有哪个男人愿意剥去你爷们儿的外衣看到你姑娘的心呢？
他们是地球上最怕费事的物种，你竟然还不知道吗？

而且，很遗憾地告诉你：
这世间没有一个男人（雄性）不是视觉系动物，要想得到女人的待遇，就要先成为一个真正的女人，美丽，温柔，撒得了娇，卖得了萌，前两点时刻保持，后两点分情况实行，随时随地撒娇卖萌不是女人味儿的体现，那是公主病，不治不行。

长得不美？
那就努力穿得美。
穿也不会穿？
那就多读书。
书都懒得读？
那就苦练温柔吧。
连温柔都不会？
大方洒脱总会吧？
连这都不会的话，
你确定咱还能愉快地做女人吗？

女人到了一定年龄，便应该自觉屏蔽“淘宝爆款”、“某某同款”这样的字眼，总和别人穿一样的，心塞不心塞？

一把年纪还不知道自己要什么，可怕不可怕？

如果非想从名人之中选定一个着装范本倒也没问题，但至少，先明白自己是哪种类型，然后，选一个经典人物来模仿，灵动的参照赫本，性感的参照梦露，优雅的参照格蕾丝·凯莉，中性的参照凯瑟琳·德纳芙，别担心你选的范本都太过女神，只有选 100 分的人物来参考，才有可能做到 90 分，选个 80 分的，还模仿个什么劲呀？

有些女人用奢侈品的原因是想暗示身边的男人：
当不知送我什么礼物时，这些就是你的参照物。

还有一些潜台词是：
老娘很贵，你养不起，可以退下了。

感情失意时，

她们会说：

“我将把事业当成伴侣，虽然它不能抱着我睡觉。”

事业低潮时，

她们会说：

“还是爱情重要，虽然不能当饭吃。”

没错，这就是女人。

Part 2

爱

Love

那些 *Her story is not history* 男人们 教给她 的事

他们说：找浪漫的男人恋爱，找靠谱的男人结婚。因为，**浪漫的男人很难靠谱，靠谱的男人多半不浪漫。**

他们说：**一个女人不需要太丰富的精神世界，**否则，将愈发认为男人是无法忍受的物种。

他们说：判断一个男人是否值得交往，甚至托付终身，可以根据以下几点：1.是否有清晰的思辨能力？2.是否对未来有准确的预判能力？3.是否对人与事持开放及坦诚的态度？4.是否信守承诺？**完全具备的男人未必都值得嫁，但完全不具备的男人，连交往都可以省略了。**

他们说：和财务自由的男人在一起无疑会避免很多烦恼及尴尬，经济上的宽松程度会直接影响为人处世的从容程度，**有钱当然并不都是好处，但毕竟比没钱的好处多。**

他们说：别担心男人首先看中你的外表，**只有愿意看你的脸，才会愿意看你的心。**我们固然有肤浅之处，但现实如此，你不正视，就是不客观。

他们说：**男人们多半相信一见钟情，日久生情在我们眼中总是难免掺杂怜悯和将就。**所以，一个男人不约你就是不喜欢你，表现出对你不感兴趣就是真的不感兴趣，不给你承诺就是不想对你负责，承诺了不兑现还是不够喜欢你。以上所有，都是真相，不必为我们找寻借口，以便让自己面子上好看，心理上舒服。**男人们真的很简单粗暴，你真的不必想太多。**

他们说：对那些总是巧妙规避谈论现实问题的男人，你唯一应该做的就是巧妙地规避他们。他们并非担心告诉你实情会失去你，他们只是担心因此睡不到你。至于睡了你之后才开始吐露实情的人，他们只是在很明白地告诉你，已经不再想睡你了。但是，到目前为止，男人和女人都很难以回答的问题是：**一个男人只想睡你，和一个男人不想睡你，哪一种情况更伤女人自尊?**

他们说：女人在婚姻中最大的美德是装傻，时刻显露精明的女人着实损人不利己。**婚姻中最索然无味的一种女人是：总令男人觉得和她是竞争对手的关系。**

他们说：

别去选那个在你面前永远从容得体的男人，选那个有时会不知所措的。人对待真心喜欢的人总是因为在意而步步迟疑，进退失据。总是能将最完美一面展现给你的人，多半没那么在意你。

她总认为从他们口中说出的经验比从她们口中说出的更为准确及实用，但往往在听取了一通意见之后，发现所有的道理其实都不陌生，有些是她曾从书本上勾划下来的金句，有些来源于对人世周遭的观察，但更多的则是依靠长久的摸爬滚打而日渐加深印象。在每一程初次约会便知无下文的回家路上，她品尝的酸楚与失落；在每一个难以入眠的深夜，她咀嚼的孤独与困惑；在每一段关系破败消亡的瞬间，她经历的悲伤与刺痛；在每一次邂逅与告别的短暂与漫长中，她汹涌的希望与失望……太多了，太多了，她懂得与看清的都已经太多了，但是，若真说起这些“懂得”与“看清”对她有何帮助，能令她在下一次爱情到来的时候擦亮双眼，游刃有余，恐怕也未必。爱情再度降临与发生的时候，她依然可能毫无准备，措手不及，像没洗头就被拉去相亲，像晚宴开始前最后一分钟弄脏了唯一的礼服。

有时还真是不明白，他们的那些经验之谈自己明明都懂，可为什么就是做不好？于是她认为，一定是还没遇到对的人，如果人对了，就什么都对了，不必劳心试探，不必用力拉扯，没有惶惑，没有疑惧，只有单纯的笃定与深信。只是，究竟要先学会爱的所有本领，将自己武装成更有技巧的人，才能与对的人相逢相守，还是要先有幸遇到那个对的人，才能真正懂得什么是爱？这就像是先有鸡还是先有蛋的问题，而她，总觉得自己欠缺一些智慧和耐心。爱情这回事，往往讲也不听，听也听不懂，懂也不会做，做也做不好，做好了，对方也未必喜欢……想到这些，还真是让人灰心。

可是，难道因为爱情是这样容易令人失望的东西，就再也不去爱了吗？她从未打算如此，因为，同样一件事，对不同的人会带来完全不同的期望，就好像考试前老师划重点时会说："遇到这种题，简直是白给分儿，这都拿不到的话，还是别考了。"学霸们觉得离满分又近了一步，学渣们却觉得离及格又近了一步。爱情如果是门她注定无法参透的功课，那么不如不去强求满分，只要对得起自己的努力就算完胜，说这是乐天知命也好，算阿Q精神也罢，但至少，可以在爱情到来前少一分焦灼，在面临爱情时多一分从容，在爱情消逝时不至于全盘崩溃。至于他们教给她的那些经验与教训，她认为，如果完全明白了会令自己愈发失去对爱的兴趣与勇气，那索性不要太明白。相对于不愿爱，不敢爱，她认为有机会在爱中受伤也是一件不错的事。也许，这才是男人们教给她的最宝贵的事。

坦荡 相爱， 放肆受伤

Dare to love,
and be loved.

人的本能是对禁忌之事加倍渴望，

所以无论在感情中陷落于何种境地，

082 都不必压制与反抗，

痛了，

爽了，

觉悟了，

自然会选择死守或放手。

人与人之间若真有无条件的相信，
恐怕就是不去试探，
不去验证，
甚至不去质疑自己不明白的部分。

这种纯粹的信任出自直觉，
因为不仰赖理性，
才更加难能可贵。

需要问自己「他合适吗」，
基本已知对方不合适。

需要问对方「你觉得我合适吗」，
基本已知自己不合适。

需要互相问「在一起合适吗」，
基本已知彼此都不合适。

需要问旁观者「你觉得我们合适吗」，
不用问了，肯定不合适。

很多问题一旦在心中产生，
不必出口其实已有答案，
何必纠结求解呢？

那么费劲，你说合适不合适？

越是对待亲密的人，
越不应该奢求自己在对方
心目中的位置至高无上。

**若你爱一个人，
不见得非要成为他每次生
病时的药，
每夜床头亮起的灯，
只要他想起你时会不自觉
地嘴角上翘，
已经很美好。**

这世界上真有生来就心机深重的女人吗？

我倒更愿意相信她们是因为太想取悦男人、抓牢男人才会训练自己攻城略地，步步为营。一个女人在爱情中最美好的状态是放松，动静皆自如，全然不紧绷，心机太重，固然做不到。

侯孝贤电影里的一段台词这样讲：

「你想和她上床，她也想和你上床，你们都知道总有一天你们会上床，但不知道你们会在哪一天上床，这就是最好的时光。」

这话固然美妙，但真正能把握好时机的人并不多见。

所以，一个直男曾对我感慨，如果错过了睡一个人的最佳时间，以后都不必睡了。

过了那一刻，什么时间都是不合时宜。

女人一失恋，便容易被这样一套理论蒙骗：

都怪你太实在，
才会让他吃定你，下次记得要耍心机，没那么容易受伤害。

其实，我想告诉你：恋爱最不需要的就是心机，靠心机才能维系的关系也都不会长久。

不如，从今后就抱着这样一种态度：我不想学得有心机，我也学不会，与其让人识破了笑我拙劣，不如笑我天性的傻来得坦荡磊落。

我就是这个样子了，那又如何？

我就选择了心无城府地去爱，那又如何？

去他的旁观者清，去他的左右逢源，我乐得这样投入地恋爱和受伤，不留退路又如何？

爱情，人生，还有我想要的一切，除了我自己，谁说得也不算。你想说什么？随你便呗。

你要知道，
“遇人不淑”其实是件好事，
让你有机会训练自己带眼识人；
“情路多舛”也是好事，
让你在伤痛中更懂珍惜。

从容面对这一切，不必控诉不必闪躲，反正前途漫漫，来日方长，躲开了眼前的危机，也未必绕得过不可测的陷阱，若真要掉下去，不如动作漂亮一点，说不定坑里有更好风景。

从现在起，告诉自己，遇到什么，就面对什么，放弃什么，就忘记什么，岁月迟早给你奖励，因为你配得起。

一个平时与你非常亲密的男人，
若不能在你向其求助时给予具体建议与指导，
而只是泛泛地说一些空话，要么是他确实束手无策，你高估了他的智商；

要么是他对你的态度有所保留，你高估了你们之间的关系。

他无法给你实质性的帮助倒还不是最差劲的，
最糟糕的部分是你由此发现他连安慰都空洞无物，
就像“多喝水”、“注意休息”这种话，虽挑不出毛病，却怎么听都像敷衍。

那些吵不散的朋友与恋人，
充分证明了一个真相：

人们在彼此伤害时所收获的相互理解，
比相亲相爱时所得到的要多得多。

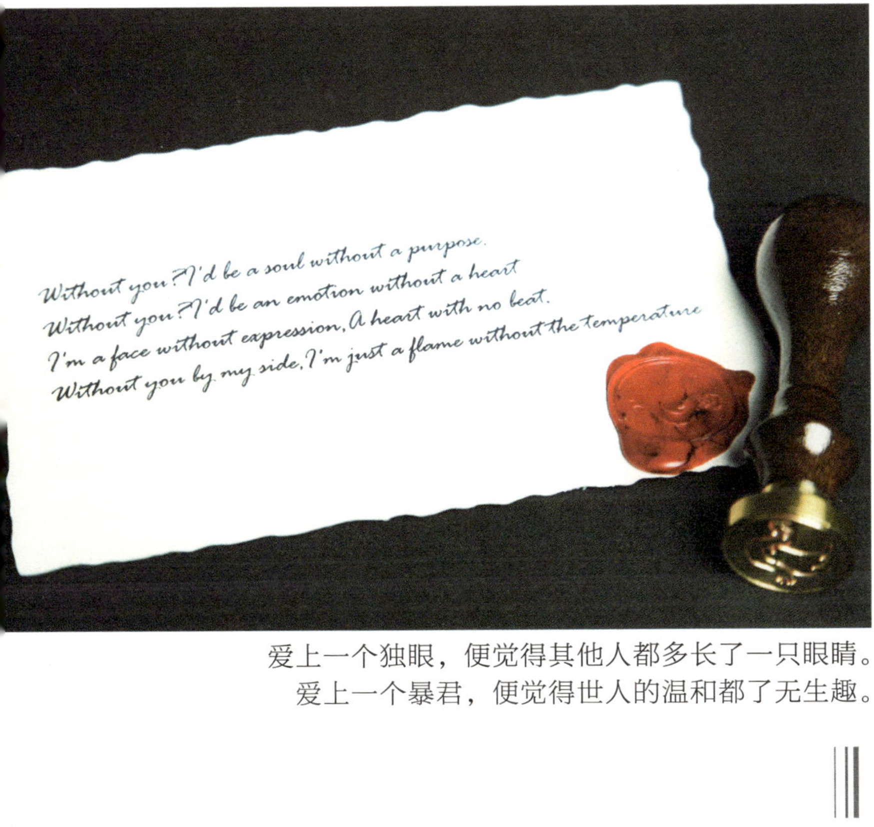

爱上一个独眼，便觉得其他人都多长了一只眼睛。
爱上一个暴君，便觉得世人的温和都了无生趣。

爱情，根本就是不谈条件，不讲道理，
计较配不配、对不对的那些人，
只是不懂一句“我爱你”便是最温柔的偏执。

别去怨恨那些放弃你的人，

想想你自己是否也曾数次对痴迷过的东西

始乱终弃？

 人最大的自私莫过于批判别人时毫不留情，

却对自己的所作所为佯装不知。

梦中情人都是只适合活在梦中的情人，心中偶像都是只适合放在心中的偶像，只要一变成触手可及的现实与走下神坛的对象，多半会引起“不过如此”的失望。当远距离的欣赏变成了近距离的凝望，旧日信仰多半会遭到挑战，每一个狂热的信徒都需要在落差的刺痛中变得清醒，这是告别盲目的第一步。所谓“崇拜”与“迷恋”，都是因为对真相的选择性忽略，以及对臆想的过度美化。

女人在回忆旧情时常纠结于昔日伴侣如何评价自己，其实大可不必，~~你又不是淘宝卖家，干吗那么在乎他给你好评还是差评？~~还准备靠他帮你口碑营销不成？

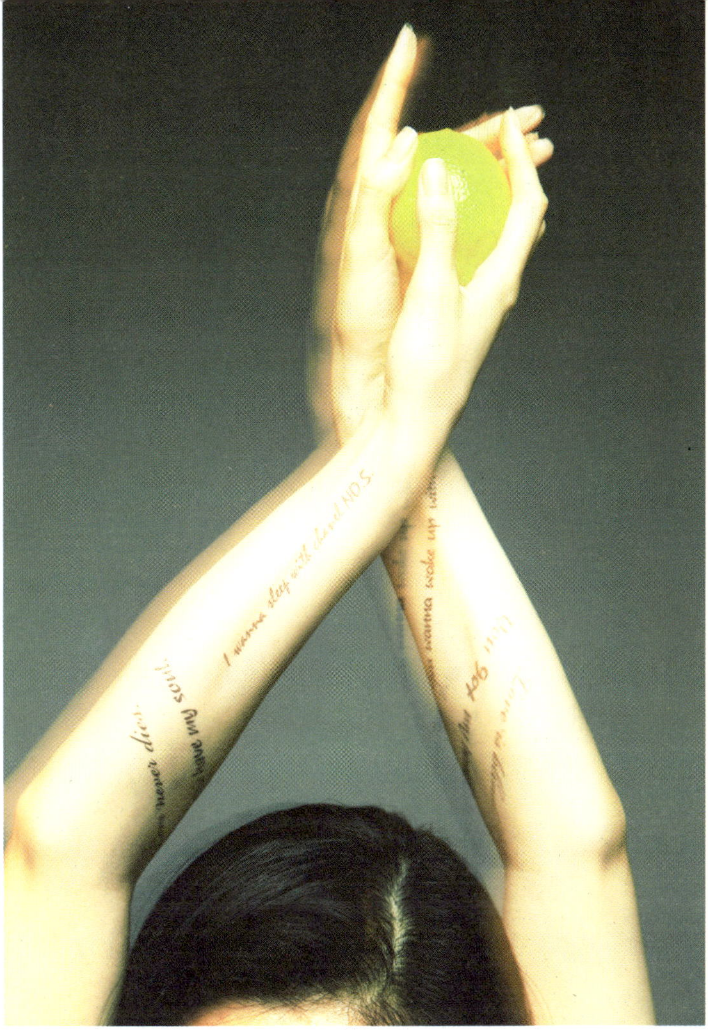

人不必过早追求安稳的亲密关系，在感情经历尚浅之时便杜绝更多可能，反而更容易被危险动荡的情事所吸引，继而深陷却不自知。人只有在经历过复杂之后才会懂得欣赏简单，未经诱惑便竭力远离诱惑，并不代表自觉，只象征着对自控能力的不信任。

情侣间最难能可贵的是日复一日的彼此欣赏，

热恋时谁的眼里都能出西施，

平淡岁月里还能相看两不厌才最是动人。

面对感情，

人们容易过分高估自己的记忆力，
过分低估自己的愈合能力，
这导致我们一边慨叹那颠覆命运的爱情已经一去不返，
一边又开始寻找下一段刻骨铭心。

想 恋爱， 先 自恋

You're so in love
with yourself.

爱情的确可以令女人容光焕发，

那是因为真下决心走出一段恋爱的女人和当初

决定投入去爱时一样，

都会变得格外漂亮。

很多女人误以为潦草就是洒脱，懒惰就是随性，

却不知认真扮靓，

用心生活才是一个女人最美的姿态。

要记住，

想成为被人渴望的人，首先要努力追寻你所渴望的。

女人与其花时间与情敌斗智斗勇，

不如把心力用在提升自己、宠爱自己，

●
●
●

当你好到每一次与他相遇，
都足以令他一见钟情时，
什么样的情敌都不在话下了吧？

为讨好男人而打扮的女人太辛苦，
为取悦自己而打扮的女人太寂寞。

尽管如此，仍要不遗余力地让自己美下去。
只有如此，才能兴味盎然地活在这容易令人气馁的成人世界。

无论衣服还是伴侣，
总要选择自己真正钟意的，
如同穿着喜欢的衣服才能表达更真实的自己，
只有和喜欢的人走在一起，
才能抵达最想去的地方。

女人的惰性表现在感情之中便是一旦关系趋于稳定，便放弃对自身的管理与提升，不再关心容貌身材，不再注重仪态涵养，对方若因此态度生变，便指责其真心不再如昨。其实，你真的没理由要求任何人对你全盘接受，若你对维护自身都有怠惰之心，又凭什么要求他人不对你意兴阑珊？总埋怨感情输给了时间，为什么就是不肯承认只是因为你太懒？

谈情说爱自不必有太多拘泥，但至少也要般配才行，不是指门当户对、郎才女貌这种“般配”，而是双方都要有齐头并进的意识及能力。

情路这样长，不能靠一个人背着或拖着另一个人向前走，只有两个实力相当的人结伴而行才能走出一片天地，否则，再丰盛的感情都会被消耗殆尽。

但无论境况多糟糕，你都应该相信，这一切都会过去，总有一刻，你开始明白，你要对自己负起责任，这责任，就是不被任何一段逝去的感情击垮，而是有勇气去学习在孤独里变得更好。

谈起失恋，每个人都能开几场专题讲座，宣讲自己熬过无数雷雨夜，吃过无数一人食，走过无数风雪路……

一个单身女人的孤独感多半来源于自认很美时却无亲密爱人欣赏，只能脑补出有人在旁以滚烫目光度量她全身，并热切拥她入怀的画面。

所以，**倘若一个女人要漂亮地单下去，最紧要是训练自我欣赏的能力，**别因为有约会才穿新裙子，更别等到有人爱才开始爱自己。

一个女人想不想结婚、在什么年龄结婚都不重要，
重要的是懂得自己要做怎样的人，过怎样的生活，
相信自己的人生不会因尚未遇到适婚对象而一塌糊涂。

无人与你结婚从来都不是最悲惨的事，为结婚而结婚才是。

好的感情令人想成为更好的自己，
但若想在进步的同时维系这段感情，
便需要找到令双方都愉悦的节奏，
如果其中一方进步太快，
难免会来不及等同行的人，
如同长大后硬是挤不进年少时的衣服，
再惋惜，
也只能放弃。

Part 3

成熟

Maturity

美丽易逝， 美力永存

Beauty & Eternity

只要你想脱离人群，做独特又美好的自我，就必须**认清你自己，接受你自己，塑造你自己，而这一切的前提是，忠于你自己**。这样，你拥有的就不只是美丽，而是美力——美的力量，有力量的美。拥有美力的女人会有其专属的风格，而非盲从他人，迷信潮流，她们对美的领悟力与创造力都是过人的，更会在流逝的岁月中焕发恒久的光彩。

一个女人的风格来自于她的人生经历，童年过往、家庭环境、教育程度；她看待事物的态度，体验的成功与挫败，承受的孤独与亲密；她的饮食习惯、旅行经验、朋友圈子，都对她风格的形成起着至关重要的作用。或者，我们也可以理解为，一个女人有怎样的风格，就会经历相应的人生。

真正有自己风格的女人，从不担心被模仿，内心清楚被追随不代表会被超越。她们深谙一个道理：每个人都要与自己保持一致，外在与内在，表象与背景，每个人的外表都在第一时间倾诉着自己的故事，所以注定每个人都会是独一无二的，你只需考虑将自己的故事讲得精彩迷人，而非担心是否被别的故事比下去。

想到要打造属于自己的风格，女人们多半要立即冲到商场里去，没错，没什么比从头到脚装扮一新更能迅速地令人看到你的改变了。但是，世间美物令人眼花缭乱，在贵与不贵之间要如何选择？贵与美之间又要如何平衡？答案是，买贵价货时选择经典款，价格亲民的流行款只需适当添加。在可负担范围内尽量选择那些质地优良，剪裁合身，昂贵但经典的款式，才会令你觉得物有所值，而且，越贵的衣服越要买得合身，对控制体重有奇效。时尚与潮流的生命力之短超乎你的想象，唯有经典的风格才能长远存活，为了这种持久，贵一些是可以的，值得的。注重品质的提升，而非数量的积累，如此，正符合“少即是多”的准则，也是树立风格的奥秘所在。

在确定风格的最初，要带着好奇的心态去购物，想着“如果我穿这件会好看吗？不如试试看！”而不是直接否定自己未曾尝试过的东西。如果固执地认为自己只适合某种类型的装扮，那么就会买得再多也还是那几个款式，一件不想穿，就一柜子都不想穿了，**衣橱应该是你充满可能性的魔法宝藏，而总是少一件衣服的感觉简直糟糕透了。**有些衣服，真的一定要试了才知道合适与否，试试又不要钱，怕什么？试试又累不死人，那么懒怎么变美？

美，从来都不是一件轻而易举的事，它其实和学识一样，你偷懒或用功，自己和别人都会看得出。对待这门功课的最好方式从来都不是靠心血来潮的突击发力，而是日复一日的研习与执行，一点一点的小小积累，就会演变成令人惊艳的成果。如同西蒙·德·波娃所言：女人不是与生俱来的，而是后天蜕变而成的。

若想成就风格，仅有好的衣饰是远远不够的，必须有好的仪态与之相称，否则，衣饰越美，越令人觉得可惜。我们的着装与仪态都是内在的体现，这随身的戏剧会为你吸引不同的观众，也决定了你人生的票房。《艺伎回忆录》中，杨紫琼告诉章子怡，女子的迷人之处并非过度展示身体，一味袒露只会使你缺乏神秘，在斟茶时看似不经意地露出宽松袍袖下的洁净手踝，翻转移动间已足够引人入胜。这个关于仪态的迷人细节令人印象深刻，动作虽小，却值得一再玩味。**仪态之于女人，如盐之于调味。**

我们都知道，细节的成败决定整体品位的高低，但如果注重细节只为了打造一份无懈可击，恐怕也是乏味的。美并没有唯一标准，如果真有，也该由你自己来发掘与定义，而非对“普适审美”的盲从。美不取决于脸大脸小、三围尺码，通过开刀动斧加工出所谓的黄金比例，未免是对美的轻视与曲解。美应当尊重差异，追求扬长避短的真实，而非大变活人的夸张，重要的是你清楚自己是什么样的人，以及要成为什么样的人，令人难忘的经典风格无不得益于对自身极致的悦纳与表达。

请刻意保留一些小缺点吧，它们将成为你独特的标记，令你更具辨识度。你尽可以将底妆打薄一些，而非追求零瑕疵的瓷娃娃质感，露出一些小斑点并不碍眼。你也可以将内衣买薄一点，稍加修饰的曲线比过度挤压夸大的要柔软曼妙许多。美力来自于放心做自己，而非面具般厚重的妆容与调整型内衣的海绵衬垫，更不是整形注射，拉皮吸脂所能提供的。在追求美力的道路上，用智慧和心思培养更具风格的自己，需要耐心、勇气，以及丰富的想象力。

你不能只考虑别人喜欢什么，然后按照他们的想法塑造你自己。人生最大的乐趣，应该是站在镜子前，买下自己钟爱的东西，穿成自己喜欢的样子，以自己的方式走向这个世界，拥抱自己想要的人生。与此相比，别人的眼光算什么呢？这世界上没有什么比活出你自己、忠于你自己更美妙了，只有当你真正爱自己，才有能力对这个世界表达爱意。

拥有美力的女人，一定是懂得正视自己欲望的女人，她们懂得为自己的欲望留有余地，不刻意压制，也不过分放纵，这使她们能够享受欲望带给她们的欢愉，而不产生罪恶感。她们也会有深夜想吃冰淇淋的时候，当然也知道吃了会长胖，但她们不会在冰箱前徘徊数次，最终狠下心吃个痛快，也不会思想斗争一番，最终带着不甘闷闷不乐地睡去。她们会取出适当分量，安安静静坐下来，慢条斯理地享受这醉（罪）人的甜蜜，但隔天她们会少吃一点晚餐，或将乘电梯改为走楼梯。

人们总是在满足欲望的过程中挣扎纠结，思虑自己能否在精神或肉体上从中受惠，以致很难享受其中纯粹的欢愉。为什么不从现在起，找出能令你真正觉得享受的事物，哪怕是节食期间的一块巧克力，或是工作日下午偷溜出去看的一场电影，那些乍看之下“不应该”的事若令你觉得美好而放松，适当为之，无伤大雅。满足欲望，享受欢愉，并不代表放纵，相反，只有克制的享受才能不产生罪恶感，从而达到平衡的愉悦，而非恣纵过后的空虚。

懂得美力之道的女人擅于发现生活中的乐趣，并持续不断地为此增添新的亮点。她们乐于发现自己的短板，无法改变便敢于自嘲，而非避而不谈，暗地自卑。她从容看待这个世界，不担心一切不可操控的未知，也知道没有什么是过不去的，所以只管自在享受当下，令每一个此刻因快乐而闪闪发光。她们不恐惧时间，相信岁月会成就美，而非消磨。她们充分认识自己在每个年龄段所独具的美态，与时俱进地建立自信心与幸福感，不因一枚色斑而焦虑，不因一丝白发而惶恐，**宽容对待岁月为她带来的改变，并真心喜爱每一时期的自己**。

我们生活在一个美容整形如家常便饭的年代，一个自拍神器大卖、美图软件横行的年代，在这个美人大把却难辨真伪的世界上，**你只有活出无所畏惧的自己，才能拥有货真价实的精彩**。你不必坐等美力时刻的到来，勇敢地向前走，去追寻心之所向，在此过程中，你就会创造出属于自己的美力。当你愿意为忠于自己付出努力，这世界也会以千万种美妙的方式，将回馈呈献给你。那么，你好，欢迎来到美力世界！

我 负责戳穿，*Lost, and found* 你 负责看透

脚上的泡都是自己走出来的，
别去责怪鞋，
那难道不是你自己选的吗？

成功与失败之间，只是一个坎儿的距离。
认输了，就是一座高山，
否则，一片树叶罢了。

对那些哭着喊着抱怨自己有多不幸的人，

我想说，
其实生活没有刁难谁，只是你有些不识闹。

伤痛之于成熟，如同果子总会落地般自然。

人们总是习惯向别人索要关爱与保护，
却忘了能提供给你这些的人并非天生强大，
他们只是更懂得隐忍与坚持，

若你真了解他们，
便会知道他们的伤口比你多得多，
若你也肯伤过痛过这么多次，
没准儿会比他们还坚强。

什么叫“活在当下”？

简单说就是，

昨天的赘肉要在今天减掉，不然注定明天是个胖子。

过去的烦恼要从现在忘掉，不然注定将来是个傻子。

你为什么懊悔过去?

还不是一想到曾做过的那些傻事就恨不得抽自己两巴掌。

为什么恐惧未来?

还不是因为不仅过去的毛病没改掉，而且极有可能犯下无数新错误。

一个人，如果不肯逼迫自己改掉积习，说什么“不念过去，不畏将来”都是扯淡，也永远无法过体面日子，拥有可以正视的人生。

人们对美好事物的嗤之以鼻，多半因为无力承担。

有些人的性格，

注定了只能与一小部分人保持亲密的关系。

这样也好，不会选择困难。

总有那么一些时刻，

人会流着泪微笑，或微笑着流泪，

这样的时刻有几次便够，

太多就容易把人整木了，整傻了。

人总会经历这样一个过程，

若干年后回头看年少时热爱过的人与物，
竟觉得像一场宿醉，
酣畅过后带来头痛，
那微醺一般的幻象，
被现实的冷风一吹就破灭，
终于消逝在时间里，
连灰都不剩。

「存在必有其合理性」，是颠扑不破的真理，

比如「丑恶」，虽人人深恶痛绝，但它令人更加感恩美好。

当然，若你只有见识过丑恶，才认得出什么是美好，则值得同情。

如果你认为世事非黑即白，
那就坐等现实给你的一记又一记闷棍吧，
但愿疼痛让你明白，
接受灰色地带才是明智之举。

命运女神是这样的：

你可以用尽一生去揣度与抱怨，只为表达对她的爱慕与愤怒，但她，始终是一副蒙娜丽莎的表情，你以为她一直注视着你吗？

其实她不仅没有看你，而且根本不在意你是谁。

追忆似水流年往往是痛苦而酸楚的，想想那时的快乐已经一去不返，更显出如今的难耐。

其实，未必是日子有多艰涩，只是了无生趣罢了。而那些简单明了、亮烈纯粹的真情实意都变得无比奢侈，你不得不接受，若有所失才是人生的圆满。

其实，多数人的多数难过，不是因为自己失去了，而是别人得到了。

人活一世，难免总觉得苦，“我等得好苦”、“我爱得好苦”、“我做得好苦”……

可是，这些苦不都是因“我”而生，为“我”而在吗？
你领受的，必是认为值得的，既然如此，何必抱怨？

不长夜痛哭者，不足以语人生。

但若只是哭过便算了，天亮后却无任何行动，只怕是白白浪费了那些眼泪。

现实会逼迫你做一些你不想做的事：

舍弃你想要的，质疑你相信的，强迫你从自欺中认清现状……

这些无疑都令人痛苦，但痛苦往往带来觉醒，

所以，到最后，我们感谢的尽是当初排斥与恐惧的。

花朵可以没有蕊，果子可以没有核，人生可以没有苦。

嗯。

以上内容纯属虚构，如有雷同，纯属妄想。

不想失去，却又没那么在乎，说到底，只是还不够重要。

找不到的东西就等于丢了，见不着的人就等于没有。
有些存在的确不能抹杀，但确实有等于无。

模仿是最大的恭维，嫉妒是最深的认同。
向你行注目礼的都是同类，匆匆一瞥的都是围观群众。

挑剔的人未必难以取悦，只是找对点很重要。

一片羽毛无足轻重，搔到痒处便可以笑出泪来。

有些赞美就像哈哈镜，
偶尔照照、乐乐就得了，千万别当真。

如果你已得到一袭华美的袍，还不停抱怨里面有几只虱子，
就不能责怪那些说你炫耀的人。

看人可千万不能只看外表，

一些看上去大大咧咧的其实经常扮猪吃老虎，

过后还要笑嘻嘻地叫你“亲爱的”；

一脸聪明，

两眼闪光的人倒挺容易吃亏上当，

这算不算一种“反差萌”？

无论何时，

都请记住，

不要以丢弃自尊为代价去交换任何人与事，

若你不坚守自己的庄严，
就无权责怪别人对你的轻佻。

感叹自己拥有这世上最好船只的人，

要么阅尽千帆，要么，就是连海都没出过。

若想让傲慢的人在你面前变得谦卑，你就不能只比他好一点点，那最多只会招致嫉妒。

人应对自己的好恶保持绝对的诚实，就像一件明码标价、永不打折的商品一般精确。贵就是贵，喜欢就是喜欢，都是非常严肃的事情，容不得作假。

人生　是深坑，　绕不过　就填

Time to get over it.

生活是

一杯黑咖啡，

我们却掌握着令它变成任何口味的诀窍。

面对苦涩，不如耍耍花招。

世间万事不可能都遂了我们的心愿，

但若命运女神给我们诸多考验只是为了令我们颓丧，

我们也可以不让她如愿。

不在不能改变的事上死磕，

用有限的时间与资源去完善那些更擅长的事，

是对人生最好的开源节流。

外国人常说，
若生活给了你酸涩的柠檬，
你就要用它们做出甜美的柠檬汁。

其实，
哪怕生活给你快坏掉的果子，
也可以用它们做果酱，
格外甜。

人活着，

多少要有点儿娱乐精神，
很多事儿没什么大不了的，

笑别人时别太得意，
被人笑时别太生气，
几乎就没什么解不开的了。

生活有时看来充满恶意，

但那只是短暂的玩笑，你真的不必太当真，

否则就会显得不解风情。

人生中一定会有这样的时刻：

你精心布置了舞台，排练了一百八十次对白，做梦都在想如何谢幕离开，可是，到了表演的那天，你才发现，不仅没有观众，连你的搭档都不见了。

这样的时刻要怎么办？一头撞死在台柱子上显然是行不通的，一个人也要演下去，演完了还要给自己鼓掌献花。

什么？你说精神病才会这么做？
我倒要问问你，没点儿精神病，谁能打起精神好好活在这世上？

艺术源于生活，
是因为它不仅呈现美好，也表达不堪。

生活自有严苛、艰辛，甚至惨烈的一面，
但如果这些难以哑忍的苦痛，
不能以艺术的方式来表达的话，才真正令人绝望。

天上是星光，地上有雪霜，双脚又湿又冷，却要一直走下去。

信念本身绝非救赎，它只是让我们产生自救的勇气，并有决心坚持。

要允许好东西支离破碎，
以便让更好的有机会聚合。

坏的东西往往来如山倒，去如抽丝，

人无知无觉地陷落到难堪境地，

却必须强迫自己清醒理智地面对与解决。

想到这些，

每个人都有理由为自己熬过的辛酸点赞，

那些被命运撩拨，

却没被推倒的日子是你真正的黄金年代。

上帝不会告诉我们他的指示，
我们却可以听从内心的声音，
所以，上帝救自救者。

最好的　尚未来临

The best is yet to come.

你要懂得如何
慢下来、
静下来、
淡下来。
人若太急、太忙、太慌张，
就像一年结五次果子的树，
会疯掉。

罐头被发明于 **1810** 年，
可直到 **1858** 年，
才有了开罐器。

很奇怪吧？
可有时就是如此，

重要的东西总是要迟来一步。

美事得来皆不易，
皆不可急求。

你彻夜等待一朵花开，花并不理你。

天亮时你懊恼睡去，再一睁眼，花已开好了。

你有没有想过，刻意守候也许预示着不经意的错过？

这是一个得肺活量者得天下的世界，
凡事沉住气，
总是好的。

如同美人多半不太守时，
绝佳的机会也常姗姗来迟，
如此，
你便有更多余裕用来准备，
岂非更好？。

生活，

就是不停打扫，

打扫杯盘狼藉的盛宴，

和空无一人的心房。

将每一支利剑化为玫瑰，投向你的敌人，
然后，你发现自己竟收获了一个朋友。

对美好的事物，
不要追逐，只与其相伴。

唯有予其自由，才能得到不朽。

那些求而未得，多数都只是暂时的落空。
你要相信，属于你的，迟早会来。
无需刻意追逐，它自会寻你而来。

漫漫人生路，总有些什么求而不得。
没关系，你我都一样，横竖都是沧桑，不如带着美丽与倔强，放心去远方。

177

最深的黑暗过后便是黎明，
最痛的挣扎过后便能破茧，
若此刻你处在对未来最茫然无措
之际，恰恰是距离成功最近之时。
咬紧牙关走好这一步之遥，
就会迎来属于你的霞光万丈。

我们用一生之中无数漫长的等待与辛勤的劳作，
换得一些美好而快乐的片刻，
不要悲观失望，这种隐忍与努力本身已是一种荣光。

刚睡醒，
还是会觉得困；

刚分手，
还觉得是在爱。

人生大小事，
只需逐一面对、接受，
并适应，
但不必着急，
等等看，
慢慢来。

我们每一个人的人生中都至少要经历一段守夜人的时光，于漫长黑暗中隐忍蛰伏，无心睡眠，一心冀盼着声光的出现。

其实，黑夜并不可怕，令人恐慌的是心底无光。
即便在那些最糟糕的时刻，世界也并非一片漆黑，只要你愿意看远一些，就会发现那乌云背后隐藏的光。
不该害怕，天一定会越走越亮。
不能害怕，天不亮就点灯。

走得慢不要紧，
重要的是走得坚定而踏实，
生活不能靠喊口号过下去，
有些路，
非得你自己一步一步走完。

所以，要相信时间，
相信梦想没有偷懒的捷径。

越是对在意的人，越不必太快展露你的全部好处，
要细水长流，才会渐入佳境。

一天给一点点，-给很久很久，
不仅对自身魅力充满信心，
也因为相信对方的诚意与耐心。

人不必急着追究自己到底喜欢什么，
先逐步远离那些不喜欢的，
自然会一点一点地接近真正心爱的。

一个人的胸怀取决于眼界，

若拥有眺望未来的远见，自然不会被眼前琐碎扰乱心怀。

反之，

短视的人很难走出当下的困局，

整日营营役役，终难成大事。

你要知道，

如果太在意一城一池的得失，

便很难看到这世界的全貌，

赢了此刻又如何，

还不是输了长远？

命运蜿蜒起伏，人生曲折向前，

若不曾颠倒迷失，谁都无法接近真相。

人在该低头的时候绝对要低头，
又不是女王，
还怕皇冠掉地上不成？
接受了眼前的失望又如何？
别放弃对未来的希望就是完胜。

人生多有惊喜，是因为失望后面总跟着意想不到的希望，一些看似是弯路的磨难，反而会帮助我们更快到达目的地。

如此看来，一切走过的都是必经之路，没有绝路，便无处逢生。

若你不自设桎梏，其实没什么能将你捆绑，天地浩荡，只怕你故步自封。前方惊喜四伏，还不快点走出去？

有些事，清醒了，才发现是错误；放下了，才知道多沉重。可人生，如果不走过一些弯路、体味一些艰涩，恐怕也是没有意义的。

你以为生活待你残酷，其实她只是换一种方式温柔，守护之神并未远离，即便是在你最不顺遂的日子里。所以，打起精神来吧！反正这一切都即将成为过去。

交好运这种事，有时像等车。左等不来，右等不到，你悠闲地转一圈儿再回来，它就刚刚好来了。

活得累，是 闲得慌

Everything leads to nothing.

多数人在面对自己不知道的事情时，

总是喜欢大胆却心虚地说“可能”、“也许”和“应该”，却无法只是大方承认“我不知道”。

成熟的标志之一：

终于肯承认，你不知道的，不代表不存在。

略使风骚，天下倾倒
只是个不负责任的笑话，
你不得不承认，
这世界对你的要求永远是个 π，
你真的不必担心自己太过优秀。

走路的女的遇到了开车的女的，俩人儿眼神儿还对上了，

走路的想：虽然有车，但没我漂亮。

开车的想：虽然长得漂亮，但我有车。

走路的发现开车的竟然比自己漂亮，

心想：谁知道她这车怎么来的。

哼。

女人为什么更容易衰老呢?

还不是因为总把时间和精力放在这些无用的攀比和计较上?

你若活得坦荡而丰富，哪还顾得上别人怎么看怎么说，

多数女人活得累，其实只是闲得慌。

人最难不是对他人开诚布公，而是与自己坦诚相见。

倘若未来充满一百个变化，
你要么做好一千个计划，
要么干脆什么都别想，
什么也不做。

事前准备或养精蓄锐，
你总得选一样。

容貌的不足，个性的欠缺，
对一个人的爱与漠然……
诸如此类，最易欲盖弥彰，不如大大方方显露，
反而有一种自由坦荡的美感。

别试图掩盖你的气场，那是你身上难能可贵的不争事实，它会伴随你经历一切，却从不必宣扬，而你的多数遭遇也与它有关。

总向大家推荐好东西的人未必都是分享控，
他们只是对自己的品位充满自信。

出门时为后面的人扶了一下门，这是礼貌；
对方露出理所应当的表情，你却不以为意，这是修养。
很多事都是如此，
只要是你想做的，应做的，便无须在意旁人的态度，这种姿态自由极了，高贵极了。

无论对人对事，但凡投入付出，便会有苦与乐，
但只要抱着一颗受伤、为难都不责怪他人的心，
一颗翻滚在苦与乐之间却无怨无悔的心，一
颗无论如何都不放弃的心，
便拥有了最好的初心，也是给自己最好的交代，最美的回报。

Part 4

梦想

Dream

我知道　　你会好起来

Everything will be all right.

有多久了，你又坐在窗前，看凌晨将明未明的街道，一点一点地亮起来。一盏盏尾灯匆匆掠过路面，如同水滴划过窗檐，用不了多久，这水滴便汇聚成红色的海洋，车流如织，人声如潮，天色明亮，空气污浊。大家互相掩盖，彼此淹没。

有多久了，你不曾失眠，曾经那些辗转反侧，渴睡不得的暗夜看似已与你永别，却总是突然降临，一次又一次将你击中。几度交手，还是落败，终于明白，**你要对抗的不是失调的睡眠，而是不安的心境。**

有多久了，生活只剩下消费，昨日新衫尚未着身，已觉陈旧，标签尚未摘下，已被忘却。喜欢鞋子，于是不断购入一双又一双，高高的，细细的，别人看来岌岌可危，你却如履平地，常被人笑走路有风。新手袋换过很多只，之前再心仪，也没有百用不腻，太硬的皮革让人四肢僵板，太软的却如同少女面颊，一不留神就皱了。**人生需要很多个“适中”去成全所谓的“完美”，**但即便当时适中，未来某天都会有偏颇，或者，这变化本身就是一种完美？

尚有太多信息需要消费，大批涌入视野的新鲜词汇，海量即时更新的热闹新闻，你刻意屏蔽很多资讯，断绝很多沟通，只因对这所谓的时事并不热切。若这世界有何事发生便可导致天下大乱，关心又有何用？**影响人一生格局的，无外乎是发生在自身的一切纠葛，**斩断理清尚不能平，又何必劳神个把月后便会被忘却的“新闻”？**世界这样拥挤，又怎能不以自我为中心？**

有多久了，偶尔看电视，只看自然纪录片，因为你看不懂那些选秀、相亲、穿越……不明白为什么越是假的东西，才越能让人们看下去。**人类区别于其他生物的最重要一点便是思考，**对真实、善良、美好的思考，而**不仅仅是看一场热闹。**当你看到一只鸟如何靠数千次飞行才搭建起属于自己的巢；当你看到濒死的羚羊大睁着黑寂的眼睛；当你看到幼狮如何学习狩猎，如何承受失败，你就能感受到这种种景况与人类世界并无不同。

有多久了，**你总是想，忙完这阵子，就去旅行，**关掉电话，不开电脑，只是让自己在路上，行走，思考。你害怕，再这样不抬头地走下去，就会忘了自己要什么。可是，事情永远没有结束的那一天，那些未休的假期凭空消失，好端端的时间最终全部变成现金补偿。你还有很多地方要抵达，很多人要遇见，很多精彩要记录，**可是，你没有时间。**或者，这只是一个借口，**你真正缺乏的是兴致。**

有多久了，你愈发觉得自己陌生而遥远，似乎并没有人将你放逐，你只是看不清自己了。**你记得身边人的理想与愿望，却不知该如何总结自己的。**那天你在午后独自走在热闹的街道，午饭时喝的酒衬托着冬日并不亮烈的阳光竟能呈现一种奇异的微醺，你以为这时应该是下着雪的。你有很多次站在镜子前，想弄清自己的原貌，却不能如愿。你知道，那些嬉笑怒骂不是你，那些曲意逢迎不是你，那些摇曳生姿不是你，你要的不过是能安心端坐，写字看书的那一个你罢了，可是，偏偏这些又都回不去了。就如同，穿惯了高跟鞋的脚，已经无法适应平底鞋了。

其实，还是不擅与陌生人攀谈，第一句话出口便觉尴尬；还是太容易就说出了自己的真实想法，却总是忘记很多感受只需要留给自己；还是不喜欢用条条框框去规范谁，因为自己本身就是无法相信固有及僵化的人。这几年，经历过一些，看懂了一些，学会了一些，可依然不能运用自如。该感慨你的固执，还是怜惜你的坚持？**面对这世界，你终究还是有一些天真无路可去。**

或者，慢慢地你就适应了这样一个世界，或者，慢慢地你就有了自己的世界。

攒钱不花，钱会寂寞

Don't make your money lonely.

这世间没有一个人不爱钱，
很多人之所以表现得对钱不感兴趣，
要么是不想在你面前开出价码，
要么是炫耀他已经拥有很多。

为了表示礼貌与修养，
并排除潜在的批评，
人类不得不假装不在乎。

钱是一种喜欢凑热闹的东西，哪里有人气就越喜欢到那里去。
而我听说，
乐于分享的人总是更有人气，不知道这算不算一个秘密？

只要是商品，便有昂贵与廉价之分，这是价格。

美观、实用等因素决定它是否物有所值，这是性价比。

你喜欢它的程度决定了它对你的意义，这才是价值。

所谓“千金难买心头爱”，一句“我愿意”便是值得了。

花钱这件事其实和择偶没什么两样，
一定要靠自己的标准来衡量与判断，
一味听从别人的意见，
恐怕这辈子也难遇到真正心仪的。

在可承受范围内，
选择自己真正想要的，
比较不容易后悔。

货币的一个重要特性就是要流通，
只攒钱不花钱，
钱也会很寂寞的。

凡事只要把省钱当成首要条件来考虑，
基本上都要做出后悔的选择来。

从朋友那里听来的：

一个姑娘在夜店遇到了一个大哥，大哥晓之以理，动之以情，中心思想只有一个：带姑娘去酒店。

姑娘碍于面子，又有些胆怯，一直周旋，始终不从。

到后来大哥也疲了，命司机到车上拿钱，一捆一捆地拍在姑娘面前，拍一捆，问一声"走吗"？到第十次，姑娘哭着把钱收到了包里。

我曾把这件事讲给不同的人听，男人的反应多数是：十万块才能带走的妞儿不知得有多漂亮。

女人的反应通常只有一个：给钱就能带走的女人再漂亮又能多漂亮。

你看，钱不仅能检测当事人的底线，
也能试探旁观者的心态。

把钱花在奢侈品上没什么不好，

但如果为了一只可以炫耀 LOGO 的包袋就要节衣缩食，未免也有些悲哀。你连续在外蹭了一个月的饭和买了一只八千块的钱包这两件事都会迅速被很多人知道，何苦呢？

你可以对钱没有概念，
但不能
过度依赖透支消费来保持所谓“体面”，

等到需要举债还卡时，
那才是真正的有失体面。

好钢用在刀刃儿上，好钱用在人身上。

送父母礼物，请朋友吃饭，带爱人旅行……

钱当然不是维系人情的唯一纽带，但却不失为一种实在的表达方式。

况且，将钱花给你在意的人，总归能让这冰冷钞票显得温情些。

赚钱是种欲望。

人有欲望从来就不可怕，无欲无求地坐吃山空才可怕。

人在没钱的时候，总是讨厌高调展示财富的人，但等到自己有钱了，也难免开始炫耀起来。

其实，露富并无太大问题，但最好巧妙控制这一行为，含蓄平和地展示你想要展示的，才不会令人觉得你刚有点小钱就一惊一乍。

“猴子爬得越高，你越看得见它的屁股”，总有比你更有钱的人，不是吗？

梦想再美，　不追白费

Dreams on your waiting list.

这世间任何一件事，只要你想做好，就会有它的难度，

所以最好找到真正令你甘愿投入的，

这样，无论你遭遇阻碍，面临瓶颈，都没那么容易半途而废。

遇到一件事纠结做还是不做时，先做了再说，即便要通过失败得到教训，
也比光凭想象却什么也得不到要好。

而人生，就是因为一次又一次的试错，才逐渐显现出正确的样貌。

真决定投入地做一件事了，就应该一头扎进去，

别去理会外界声音的干扰，既然成功或失败都由你自己来买单，
又凭什么让别人告诉你该努力还是放弃？

如果要将事情做好，就必须对自己狠下心来。
不惯着自己的惰性；不得过且过地敷衍自己；
追求完美，即便这过程是痛苦的，也绝不和自己讨价还价。
人只有在不管不顾地自绝退路时，才能开辟出一条更好的路。
所谓「余地」，都是留给胆小者的，勇敢的人自会不断向前。

猫在不捉麻雀的时候，除了睡觉还会磨爪子。机会到来之前的等待从来都不是消极的，无所事事的等待才是。

……

每一个实现梦想的人，都是靠坚持与忍耐才走到最终的，而且非要从中找到乐趣不可，孤独的乐趣，失败的乐趣，不被理解的乐趣。当你学会苦中作乐的时候，就离成功不远了。

……

不问代价便是敢于付出最高的代价，不问回报便是愿意相信最好的回报。如此，便是成全，不算交换。

一个人能得到的最好礼物无非是希望，如果谁都给不了你，不必指望，不必抱怨，自己给自己，快速且可靠。

……

这是一个人人自顾不暇的世界，若真想做出一番成绩来，就不能坐等别人来成全你。别人也许会告诉你经验之谈，但那永远不代表全部的真相；有人会将道理摆在你面前，但你不能要求人家掰开了，揉碎了喂给你。

做什么，怎么做，付出什么，承担什么，真的都只是你一个人的事，你能指望的也只有你自己而已。

……

人应保有一种快刀斩乱麻的果敢与魄力，砍掉可有可无的，保留真正在意的，到最后你会发现，真正值得你付出心血的事物不会太多，而那些失去的，本来就并不重要。

你的得到，取决于你的付出。

只有实打实的努力最为可靠，

所谓“幸运”与“巧合”，

不过都是成功的人用来自谦的客套话罢了，

你不会真信了吧？

所谓“活在当下”，

便是一定要做自己此刻最想做的事，并心无旁骛地乐在其中。

人一旦发现了真正令自己快乐的事物，

千万不要放手，

因为它们并不常见。

记住，

要舍得在自己真正喜欢的事情上投入时间与心血，

并且一定要无怨无悔。

时隔多年，事过境迁之日，那令你回忆时不觉后悔，并仍想当即起身，奋力追赶的事物，**可以称之为“梦想”。**

有些人终其一生只做了两件事：
“等待”与“后悔”，合起来叫“来不及”。

所以，出发吧，趁现在！

趁着年轻，就应该多做一些尝试，哪怕是以犯错为代价。

反正你拥有的不多，又能失去什么呢？

浩瀚人海如迢遥星河，每个人都是一颗独一无二的星，再微弱，都有一线光。

希望你兀自转动闪烁，哪怕不被人所见。

应保有至少一个几乎不可能实现的终极梦想，
它存在的意义是当其他梦想都变为现实时，
你的人生不会因无趣而迅速干瘪。

人生中总会有这样的时刻：
在初春夜里顶着风走了很远的路，雪水一滩一滩散落在僵硬的马路上，你咬紧了牙却仍不停发抖，流过泪的脸紧绷得像要裂开，可你知道自己不能在这里倒下去，只得用尽全力往前走。
庆幸的是，这样的时刻不会太多，但往往会影响我们的整个人生。
从此后，我们更坚定地要得到想要的，并且，更加深信会得到。

虽然“永远”是个奢侈的词，但是，还是想对你说，

永远不要放弃你渴望的东西，做了也许会错，但至少不留遗憾。

人生，不就是在一次又一次的试错中向我们展开它的全貌吗？

生活中主要有两种事：
无用但有趣的；有用却无趣的。

最好两种都试试，
前者可能变成你的嗜好，后者，没准儿会成为你的事业。

嗜好变成了事业？欢呼吧，幸运儿！

要相信啊，再微不足道的梦想都值得被认真对待。

当你要一走了之的时候，请想一想是什么让你坚持到了现在。

走一条路，机缘让你开始，天赋使你擅长，

而最终让你走得远的，
是生生不息的信念，与源源不绝的热情。

真心想做的事情，

只管去做就好了，

千万别把梦想像口号一样挂在嘴上，

尤其不要说给那些不相干的人听。